The Man and the Fox
by Idries Shah

Der Mann und der Fuchs
von Idries Shah

HOOPOE BOOKS

First Edition 2006, 2015
Paperback Edition 2006, 2010, 2015
German Paperback Edition 2018
This English-German Bilingual Paperback Edition 2019

HOOPOE®

www.hoopoebooks.com

Published by Hoopoe Books,
a division of The Institute for the Study of Human Knowledge

ISBN 978-1-948013-50-5

ABOUT HOOPOE BOOKS BY IDRIES SHAH

"These teaching-stories can be experienced on many levels. A child may simply enjoy hearing them, an adult may analyze them in a more sophisticated way. Both may eventually benefit from the lessons within."

Lynn Neary, "All Things Considered", NPR News, Washington

"...a series of children's books that have captivated the hearts and minds of people from all walks of life. The books are tales from a rich tradition of storytelling from Central Asia and the Middle East. Stories told and retold to children, by campfire and candlelight, for more than a thousand years. Through repeated readings, these stories provoke fresh insight and more flexible thought in children. Beautifully illustrated."

NEA Today: The Magazine of the National Education Association

ÜBER HOOPOE BOOKS VON IDRIES SHAH

„Diese Lehrgeschichten können auf verschiedenen Ebenen erlebt werden. Ein Kind bekommt sie vielleicht einfach gerne vorgelesen, aber ein Erwachsener könnte sie auf differenziertere Weise analysieren. Beide profitieren letztendlich von den darin enthaltenen Lehren."

Lynn Neary, "All Things Considered", NPR News, Washington

„Eine Kinderbuchreihe, die die Herzen und Köpfe von Menschen aus allen Lebensbereichen erobert hat. Die Fabeln in diesen Büchern stammen aus einer reichen Tradition des Geschichtenerzählens in Zentralasien und dem Nahen Osten. Schon seit über tausend Jahren werden Kindern diese mündlich überlieferten Fabeln am Lagerfeuer oder bei Kerzenlicht immer wieder erzählt. Durch wiederholtes Lesen der Geschichten gewinnen Kinder neue Einsichten und lernen, flexibler zu denken. Wunderschön illustriert."

NEA Today: The Magazine of the National Education Association

Once upon a time, when
the moon grew on a tree and ants
were fond of pickles, there was
a lovely brown fox.

Vor langer Zeit, als der Mond noch auf einem Baum wuchs und Ameisen gerne Gurken aßen, da lebte ein wunderschöner, brauner Fuchs.

 He had soft fur,
beautiful whiskers,
and a fine bushy tail.

Er hatte ein weiches Fell, schöne Schnurrhaare und einen besonders attraktiven, buschigen Schwanz.

This fox, whose name was Rowba, was sitting beside a road one day, combing his whiskers with his claws, when a man came along.

"May you never be tired!" said the man.

"May you always be happy!" replied Rowba.

Eines Tages saß dieser Fuchs – sein Name war Rowba –
am Rande einer Straße und frisierte seine Schnurrhaare.
Da kam ein Mann des Weges.

„Mögest du niemals müde sein!", sagte der Mann.

„Mögest du immer glücklich sein!", antwortete Rowba.

"I'm feeling generous today," said the man. "Is there anything you would like?"

"I would like a chicken," said Rowba, because foxes love to eat chickens.

„Heute ist mir großzügig zumute", meinte der Mann. „Gibt es irgendetwas, das du dir wünschst?"

„Ich hätte gerne ein Huhn", sagte Rowba, denn Füchse lieben es, Hühner zu fressen.

"Come along with me, then, and I'll give you one!" replied the man. "I have chickens at my house. We'll go there, and you'll have your chicken in no time at all."

"How marvelous!" said Rowba. And he trotted down the road beside the man.

When they got to the man's house, the man said, "Wait outside. I'll go to the yard in the back and get you one of my birds."

„Komm mit, und ich gebe dir eines!", entgegnete der Mann „Ich habe
Hühner bei mir zuhause. Gehen wir zu mir, und du bekommst sofort
dein Huhn."

„Wunderbar!", rief Rowba. Und er spazierte neben dem Mann
die Straße entlang.

Als sie das Haus des Mannes erreicht hatten, sagte der Mann: „Warte
hier draußen. Ich gehe nach hinten in den Garten und hole dir eines
meiner Hühner."

So Rowba sat down to wait and the man went into his house.

Also setzte sich der Fuchs und wartete,
während der Mann in sein Haus ging.

Then the man took a sack and put some stones into it. You see, he was going to pretend there was a chicken in the sack. He wasn't really going to give a chicken to the fox at all!

Dann nahm der Mann einen Sack und steckte ein paar Steine hinein. Ihr müsst wissen: er wollte nur so tun, als ob ein Huhn im Sack wäre, denn er hatte gar nicht vor, dem Fuchs wirklich ein Huhn zu schenken!

When the man came out again, he handed Rowba the sack and said, "Here you are, there's a chicken in this sack."

"How wonderful!" said Rowba, and he was just about to open the sack to eat the chicken when the man said, "No! Don't open it here!"

"Why not?" asked Rowba.

"Well," said the man, "the farmers around here can see us, and they won't like my giving a chicken to a fox."

Of course, that wasn't true at all. The man just didn't want the fox to see that there were only stones in the sack.

Als der Mann wieder erschien, gab er Rowba den Sack und sagte: „Bitte sehr, das Huhn ist in dem Sack."

„Ach, wie schön!", rief Rowba, und er wollte den Sack gleich aufmachen, um das Huhn zu fressen. Aber der Mann sagte: „Nein! Öffne den Sack nicht hier!"

„Warum nicht?", fragte Rowba.

„Nun ja", sagte der Mann, „die Bauern aus der Umgebung könnten uns sehen, und denen würde es gar nicht gefallen, dass ich einem Fuchs ein Huhn gebe."

Das war natürlich gelogen. Der Mann wollte nur nicht, dass der Fuchs entdeckte, dass in dem Sack nur Steine waren.

"What shall I do, then?" asked Rowba.

"Do you see those bushes up there?" asked the man, pointing. "Take the sack there and open it. Nobody will see you, and you can eat your chicken in peace."

"That's a good idea," said Rowba. "Thank you very much!"

„Was soll ich denn dann tun?", fragte Rowba.

„Siehst du das Gebüsch dort drüben?", fragte der Mann. „Bring
den Sack dorthin und mach ihn auf. Dort kann dich keiner sehen,
und du kannst in Ruhe dein Huhn verspeisen."

„Was für eine gute Idee!", rief Rowba. „Vielen Dank!"

And he trotted all the way to the
bushes carrying the sack in his mouth.

Und mit dem Sack im Maul trabte er
in Richtung Gebüsch.

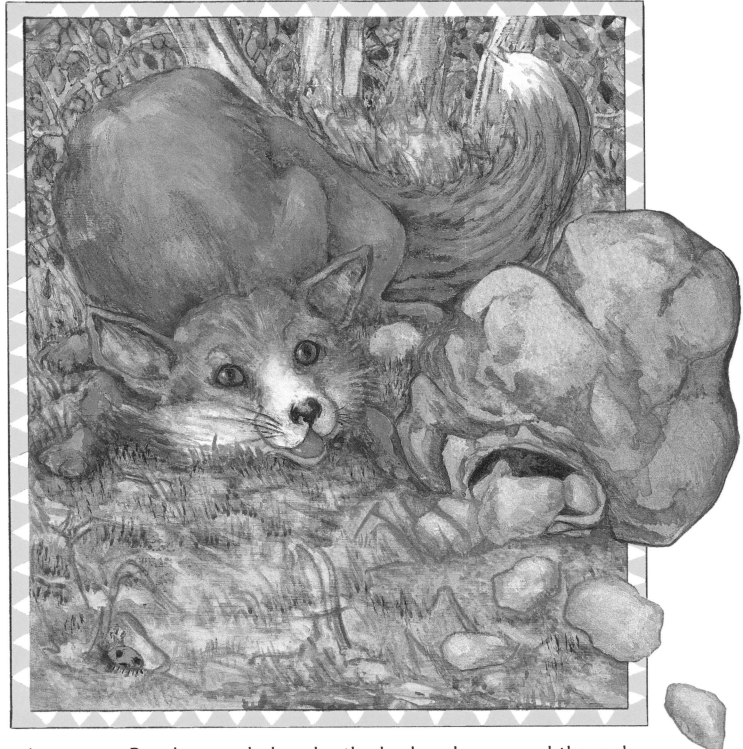

As soon as Rowba crawled under the bushes, he opened the sack and saw the stones inside. "Strange!" he muttered to himself. "What kind of a funny joke is this?"

When he peeked out of the bushes, he saw that a net had fallen over him. It was a trap! Some hunters had put a net there to catch any fox that went into the bushes to hide.

Kaum war Rowba unter die Büsche gekrochen,
öffnete er den Sack und fand die Steine darin. „Seltsam!", brummte er
vor sich hin. „Soll das ein Witz sein?"

Als er aus dem Gebüsch hervorlugte, bemerkte er, dass ein Netz auf ihn
gefallen war. Das war eine Falle! Jäger hatten ein Netz ausgelegt, um
Füchse zu fangen, die sich vielleicht in den Büschen verstecken würden.

At first Rowba was worried because he thought he might not get out of the net. But he was very clever.

Foxes are very, very clever, you know. He searched through the stones in the sack and found one with a sharp edge. With this, he began to cut the net.

Erst fürchtete Rowba, er könnte sich vielleicht nicht aus dem Netz befreien. Aber er war sehr klug.

Ihr müsst wissen: Füchse sind sehr, sehr schlau. Er untersuchte die Steine in dem Sack, bis er einen mit scharfen Kanten fand. Damit begann er, das Netz durchzuschneiden.

 He cut a hole big enough for his left front paw to fit through. He cut some more, and soon the hole was big enough for his left and his right front paws to fit through.

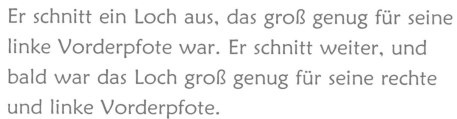

Er schnitt ein Loch aus, das groß genug für seine linke Vorderpfote war. Er schnitt weiter, und bald war das Loch groß genug für seine rechte und linke Vorderpfote.

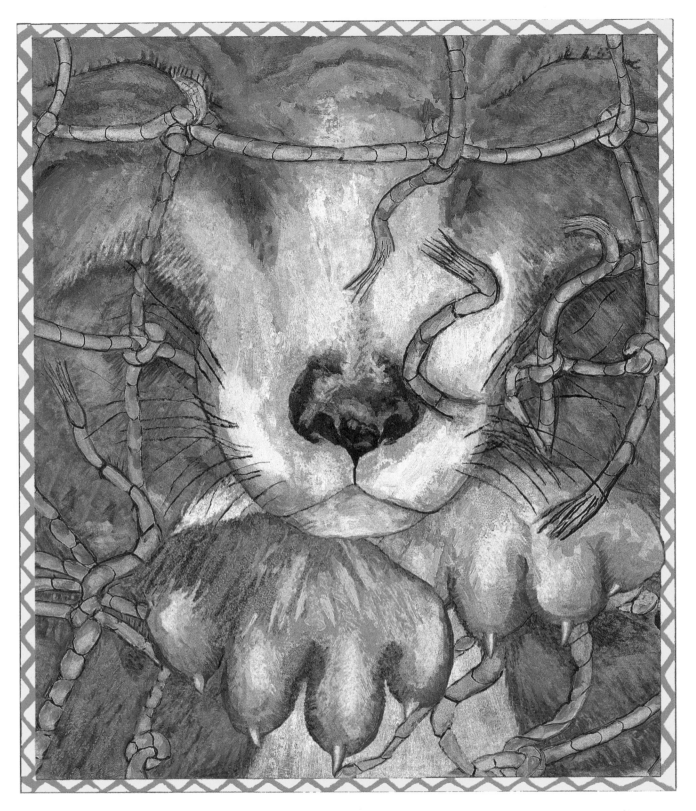

He cut still more, and soon the hole was big enough for his two front paws and his nose to fit through. He kept on cutting, and soon the hole was big enough for his front paws, his nose and the rest of his head to fit through.

Er schnitt noch weiter, und bald war das
Loch groß genug für beide Vorderpfoten und seine Schnauze.
Er schnitt immer weiter, und bald war das Loch groß genug für
seine Vorderpfoten, seine Schnauze und den Rest seines Kopfes.

Then he pushed and wiggled just a bit more. And finally ...

Rowba escaped!

Dann schob und schlängelte er
sich weiter durch das Loch.
Und endlich ....

war Rowba frei!

As Rowba ran off down the road, he laughed and laughed and laughed.

"Men may think they are clever," he said to himself, "but foxes are cleverer still!"

Als Rowba die Straße hinunter rannte, konnte er gar nicht aufhören, zu lachen.

„Die Menschen glauben vielleicht, dass sie schlau sind", sagte er zu sich selbst, „aber Füchse sind viel schlauer."

Now, all foxes know the story of Rowba and the man who promised him a chicken. And that is the reason why, whenever you see a fox, if you ask him to come for a walk with you, he won't.

And that is why it is very, very difficult to catch foxes and why they live such a free and happy life.

Heute kennen alle Füchse die Geschichte von Rowba und dem Mann, der ihm ein Huhn versprach. Wenn dir also eines Tages ein Fuchs begegnet und du ihn bittest, dich zu begleiten, wird der Fuchs dies nicht tun.

Und das ist auch der Grund, warum es sehr schwierig ist, Füchse zu fangen und warum sie so ein freies und glückliches Leben führen.

Paperbag Puppets
Puppen aus Papiertüten

Finger Puppets
Fingerpuppen

FUN PROJECTS FOR HOME AND SCHOOL

CREATE PUPPETS WITH YOUR CHILD
AND RETELL THIS STORY TOGETHER!

VISIT OUR WEBSITE:
www.hoopoebooks.com/fun-projects-for-home-and-school

for a free downloadable Teacher Guide to use with this story as well as colorful posters and step-by-step instructions on how to make Finger Puppets, Paperbag Puppets, and Felt Characters from this and other titles in this series.

LUSTIGE PROJEKTE FÜR ZUHAUSE UND FÜR DIE SCHULE

BASTELN SIE MIT IHREN KINDERN PUPPEN
UND ERZÄHLEN SIE DIESE GESCHICHTE GEMEINSAM NACH!

BESUCHEN SIE UNSERE WEBSITE UNTER:
www.hoopoebooks.com/fun-projects-de

Hier können Sie einen kostenlosen Leitfaden für Lehrer herunterladen, den sie mit dieser Geschichte verwenden können. Außerdem finden sie hier auch farbige Poster und genaue Anleitungen zum Basteln von Fingerpuppen, Puppen aus Papiertüten und Figuren aus Filz, die aus diesem und anderen Titeln dieser Reihe stammen.

www.hoopoebooks.com

OTHER TITLES BY IDRIES SHAH FOR YOUNG READERS:

ANDERE TITEL FÜR JUNGE LESER VON IDRIES SHAH:

The Farmer's Wife / Die Bäuerin

The Lion Who Saw Himself in the Water /
Der Löwe, der sich selbst im Wasser sah

The Silly Chicken / Das dumme Huhn

The Clever Boy and the Terrible, Dangerous Animal /
Der kluge Junge und das schreckliche, gefährliche Tier

The Old Woman and the Eagle / Die alte Frau und der Adler

The Boy Without a Name / Der Junge ohne Namen

Neem the Half-Boy / Der halbe Junge Neem

The Man with Bad Manners / Der Mann mit den schlechten Manieren

The Magic Horse / Das Zauberpferd

Fatima the Spinner and the Tent /
Die Spinnerin Fatima und das Zelt

For the complete works of Idries Shah, visit:
Einen Überblick über sämtliche Werke von Idries Shah
finden Sie unter:

www.Idriesshahfoundation.org